KB147748

갑과 을

황금알 시인선 189
갑과 을

초판발행일 | 2018년 11월 30일

지은이 | 이규석
펴낸곳 | 도서출판 황금알
펴낸이 | 金永馥
선정위원 | 김영승 · 마종기 · 유안진 · 이수익
주간 | 김영탁
편집실장 | 조경숙
표지디자인 | 칼라박스
주소 | 03088 서울시 종로구 이화장2길 29-3, 104호(동숭동)
전화 | 02)2275-9171
팩스 | 02)2275-9172
이메일 | tibet21@hanmail.net
홈페이지 | http://goldegg21.com
출판등록 | 2003년 03월 26일(제300-2003-230호)

ⓒ2018 이규석 & Gold Egg Publishing Company Printed in Korea

값은 뒤표지에 있습니다.

ISBN 979-11-89205-26-3-03810

*이 책 내용의 전부 또는 일부를 재사용하려면 반드시 저작권자와 황금알 양측의
  서면 동의를 받아야 합니다.
*잘못된 책은 바꾸어 드립니다.
*저자와 협의하여 인지를 붙이지 않습니다.
*이 책은 경남문화예술진흥원으로부터 발간비 일부를 지원받았습니다.
*이 도서의 국립중앙도서관 출판예정도서목록(CIP)은 서지정보유통지원시스템
  홈페이지(http://seoji.nl.go.kr)와 국가자료종합목록시스템(http://www.nl.
  go.kr/kolisnet)에서 이용하실 수 있습니다. (CIP제어번호 : CIP2018036870)

갑과 을

이규석 시집

황금알

두 번째 시집을 묶는다.

첫 시집 이후 11년이나 걸렸다.

팍팍한 삶을 떠나 게으르고 나태했다는 것이다.

변명만 쌓고 핑계만 만들었다는 것이다.

반성의 아픔이 오도록 후회를 빡빡 긁는다.

이제는 흔들리지 말고 가야 한다.

흔들리면 무너지고 뽑힌다.

질끈 다시 마음을 다잡아 맨다.

특히 표성배 시인께 고맙다.

선뜻 제 시집을 허락해 주신 황금알 출판사께 감사드린다.

2018년 가을

이규석

차 례

3부

1부

전봇대

어깨 무겁다고
슬쩍
내려놓을 수도 없는 짐

스스로 길이 되어
흔드는 말들은 삼켜야 했다

세찬 바람 불고 갈 때마다
우우우 속울음 울어도
감히 일탈할 수 없는 제자리

꼿꼿하게 지키고 섰다

도마

고향 빈집 부엌에 뿌옇게 먼지 덮인
낡은 도마를 본다

제 몸 닳고 닳아 상처뿐인 몸

배꼽시계 생떼 쓰며 울릴 때마다
고픔 채우는 그 칼질 소리
징검다리로
버팀목으로
묵묵히 썰고 썰어주셨던 어머님

팔순이 넘는 당신의 연세보다
자나 깨나 자식들 위한 걱정 앞세워
시리도록 하얗게 피어난
한 송이 꽃

돼지

어제도
오늘도
시곗바늘에 밀려가는 시계추처럼
아무 생각 없이 보내는 하루

주면 주는 대로
먹고 또 자고 또

하루가 건성으로 쌓인 달력
무관심으로 넘기고 넘어갈 때
피둥피둥 게으른 살만 찌고

어떻게 살아가야 할지
생각의 고민이 없어
하늘을 쳐다볼 줄 모른다

가시

손에 가시가 박혔나 보다
따끔따끔 찔러올 땐
아찔할 정도로 소스라친다

너무도 작아서 가물가물
눈에 잘 보이지도 않는 것이
이렇게 맥 못 추게 만드는 걸 보면

살아오면서 작고 약해 보인다고
거만하게 무시한 적은 없었던가
체면만 앞세워
남의 가슴 시리게 한 적은 없었던가
두렵다고 몸 사려
잘못을 보고 외면한 적 또한 없었던가

손에 박힌 작은 가시 하나
투명하지 못했던 내 양심을 향해
충고처럼 아프게 콕콕 찔러온다

근시안

머물지 못하는 바람처럼
슬픈 일을 당하거나
가슴 아픈 고통 생길 때마다
거짓말하지 않는 눈물 가졌던 내가
손에 잡히는 만족들만 챙기고부터
분명한 옳고 그름을 두고도
내 눈은 차츰 외면하기 시작했고
남을 위한 조금의 귀찮은 일도
내 몸은 당연하게 모르쇠로 변했다
그 외면의 모르쇠들이
긍정의 시각과 마음마저 멀게 한 지금
가야 할 삶의 길목에서
아무리 발버둥 쳐봐도 꼼짝할 수 없는
아 내 발목

왜

아닌 것은 아니다 하고
말할 수 있어야 하는데
입이 떼어지지 않는다

그렇게 하면 안 돼 하고
입보다 몸이 먼저 반응해야 하는데
발바닥이 꼼짝하지 않는다

입과 발을 스스로 묶어버리는
저 두려움과 불안함
언제 어디서 만들어진 것일까

하느님께 물어볼까
부처님께 물어볼까

더덕

향과 맛이 너무 좋아
거름을 넣고 물도 주며
고향에 있던 더덕
화분에 옮겨 심으면서
마음은 벌써 안달이다

술을 담을까
양념구이 해 먹을까
향이나 즐기게 그냥 둘까

며칠 지나 물을 주려고
베란다 문을 여는 순간
더덕 잎들이 풀죽어
시들시들 말라가고 있는 것이

자식 위해 고향 등지고
체질 맞지 않는 산성의 땅 도시에서
손자 손녀의 재롱에도 빠지지 못해
시름시름 웃음 잃어 가시는
내 어머님 같다

향수

나이 탓일까

이건 분명
나를 부르는 소리이다

가만히 귀를 모아도
주위를 둘러보아도
바람 소리 하나 들리지 않고

흑백추억처럼 질기고 질긴
그 아린 가난에 지긋지긋했던 고향
미련 없이 다 지운 줄 알았는데

봄볕 화사한 오후
스멀스멀 피어오르는 아지랑이 같은

꾸중

한바탕 잘못을 꾸짖듯
아버님의 따끔한 회초리 맛 같은
쨍쨍한 햇볕의 뜨거운 말씀들
땅벌의 침처럼 살 속으로 파고든다

불판 위 삼겹살 그 기름같이
줄줄 땀 흘리면서도 꼼짝 못 하고
지글지글 익어간다는 이 따가움

어머님의 위로 같았던 바람은
모두 어디로 외출 간 것일까
선풍기마저 지쳤는지
단내 나는 열기만 덜덜 뿜어내고

시원하게 들렸던 매미울음 소리도
오늘따라 지청구로 왁자하게 몰려오는
카랑카랑한 한여름 오후

뿌리 깊은 저 넉넉한 숲을 본다

상처

아픔 없이 산다는 건
거짓말일 것이다

몸이나 마음 다치는걸
좋아할 사람 아무도 없겠지만
때론 돌부리에 걸려 피도 흘리고
믿었던 사람들께 등 돌림 당해
가슴 아파 눈물도 흘리는

장맛비에 시뻘겋게 일은 황토물도
흐르고 흘러 맑은 물 되듯이
아팠던 것만큼 상처는
몸과 마음 더욱 야물게 하고

뜨거움도 차가움도 비바람도 견뎌내며
탄탄히 뿌리내리고 내려
비로소
피어나는 꽃들의 저 아름다움

묵은김치

예전에 묵은김치 그 신맛에
눈을 질끈 감고 몸서리치듯
턱을 바르르 떨며 먹었는데

몇 년을 그렇게 앙다물고
삭아서 곰삭아 숙성된
절대 거짓말하지 않는 향

향이 좋아 단골이 된 횟집에서
생선회와 곰삭은 김치를 싸
한입에 툭 털어 넣으면
척 혀끝에 감겨오는 이 맛
요즘은 입보다 발이 먼저 찾는다

낡아가면서도 변할 줄 몰랐던
삭지 않은 딱딱한 내 오만들
꼭꼭 다져가며 같이 씹는데
잊고 있었던 것일까
입안 가득한 아내 같은 이 향

로봇시대1

단추 하나로 편하게
편히 살려다 사람들은
단순하게 길드는 리모컨

리모컨 고장 나면
사람도
저절로 고장 나는 21세기

로봇시대2

거리에 서면
저마다의 소리들 수북하다

눈도 있고
귀도 있고
입도 있는데

못 본 척
모르는 척
관심 없는 척

따뜻한 가슴이 없는
기계 소리들만 요란하다

잠 못 드는 밤

요즘은
잠 못 드는 밤이 많다

눕자마자 잠든 아내를 보며
질투 날만큼 부러워하다가도
자리를 이탈할 수 없는 라인 작업
온종일 얼마나 피곤했을까

가장의 위치 바로잡지도 못하고
아내만 고생시킨다는 안타까움에
몇 번을 뒤척이고 뒤척이다
가만히 아내 손잡아본다

욕심처럼 아내 손을 잡아도
찌릿한 전기도 통하지 않는 이 나이
이런저런 걱정들로 꼬리를 문
어두운 앞날같이
오늘 밤은 더욱 길고 길기만 하다

똘기*

풋풋함 벗기도 전에 떨어져
뭇 발길에 차이고 밟히는
너도
탐스럽게 영글고 싶었을 것이다

피할 수 없는 거센 비바람
온몸으로 버티고 지켜서
튼실하게 잘 여문 씨앗 하나
가슴에 품고 싶은 꿈 있었을 것이다

누구나
꿈은 언제나 바뀔 수 있는 것처럼
마음껏 즐길 수 없는 이 낯선 현실
새롭게 열어가고 싶었을 것이다

토실하게 익은 향기 자랑하며
부러운 시선 받고 싶었던 그 욕심
지금은 삭히고 푸욱 곰삭아
비로소 썩어야 산다

* 똘기: 채 익지 않은 과일

화풀이

동전을 넣으면 여기서 쏘옥
저기서 쑤욱 얼굴 내미는 두더지
망치로 사정없이 머리를 내리친다

남의 땅 마구 들쑤시고 다니던 저놈
얄밉고 괘씸한 울분 일어
나도 모르게 힘껏 내리치다
어쩌면 누굴 닮았다는 생각이 들어
더욱 망치에 힘은 실리고

두드리고 두드린다
후련하게 직성이 풀릴 것처럼

망치로 두더지를 향해 내리치는데
불쑥
내 얼굴이 올라왔다

손톱을 깎으며

손톱이 길고 날카로워질수록
내 것만 챙기는 부끄러움이란 걸

단단하고 딱딱하게 길어진 손톱
그 손톱 밑 까맣게 낀 때를 보며
숨기고 있는 내 가슴속 용심 같아
조용히 가슴에 이는 낯 뜨거움

때가 새까맣게 끼어들 공간을 깎고
까끄라기로 일어설
부끄러움과 용심들도 깎고

당당해지고 싶다

가지런해진 손톱처럼

외상

살면서
계산하지 못한 것은 빚이다

갚고 갚아도 다 갚지 못할
그림자 같은 부모님의 은혜

때론 무겁기도 하고
실험하듯 딴 길로 유혹도 하지만

약속은 지켜야 할
마음과 마음의 아름다운 거래명세표

아직도
장부에 남아 가슴으로 진 빚

2부

갑과 을 1
— 올무

물량에 매달려 살아야 하는 나는
모르는 척의 괘씸죄 두려워
처가댁 사촌까지 저절로
숟가락 숫자까지 알아졌고

명절 때마다
각종 회사 행사 때에도
이리 떼이고 저리 떼이고

물량 핑계로 벼룩의 간 빼 먹는
구린내 나도록 창피한 저 갑질

갑들의 그 뺀질뺀질한 갑질 앞에
을들은 또 얼마나
쫄쫄 굶는 노예로 살아야 할까

갑과 을 2
— 호칭

불길하게도 전화가 운다

아이쿠 사장님
우째 시간이 나던 모양 입니더
자 한잔 받으소
잔을 받는 순간
도수 높은 저 빈 병들
이럴 땐 계산해야 할 사장님 되고

말로만 급한 척하며 가져온 제품
가공여유 많이 남겨왔다 해도
다른 회사제품 납기가 촉박하다 해도
"야" 혹은 "어이"로
사장님도 아니고 노동자도 아닌
양심과 인격도 무시당해야 하는

간과 쓸게 떼놓고 사는
내가 과연 사람일까

갑과 을 3
— 차이

갑은 왕이고
을은 가마꾼이다

갑은 정당하고
을은 반칙이다

갑은 무단횡단이고
을은 일방통행이다

갑은 바위이고
을은 계란이다

갑과 을은
물과 기름이다

갑과 을 4
— 결재

월말에 마감을 잡고
한 달 보름을 안고 가는 결재이지만
나는 하루 벌이로 사는 것과 같은데
결재일이 지났는데도 입금 소식이 없다

공장세 전기세 각종 공과금 등
입만 벌리고 차례 기다리는
저 독촉의 아우성들

다급해진 마음에 전화를 하면
조금만 더 기다려 달라 한다
그 조금이 한 달을 넘어가고

하루 벌이의 한 달 그 입을 막으려면
가족 위해 계산된 것들은 자꾸 동강 나고
빚의 후유증에 지인들은 멀어만 가고
은행의 잔기침에 집까지 흔들거리는

처방전 없는 이 반복의 생리통
아직도 하늘은 노랗고

갑과 을 5
― 블랙리스트

첫 거래이고 금액이 적어 현찰 박치기해 준다며 낯선 거래처에서 작업의뢰가 왔다 작업을 해야 하나 말아야 하나 갈등하기보다 거래처가 늘수록 좋다는 생각에 덥석 문다 두 번째는 금액이 조금 늘어난 만큼 결재도 조금 더 밀리고 세 번째는 미결재가 더 많이 남고 그다음엔 미결재 때문에 어쩔 수 없이 작업해 주어야 한다 밀린 금액이 많아 불안할 때쯤이면 보통 연락이 안 된다 같은 업종들끼리 만든 블랙리스트 또 다른 피해 막기 위해 서로서로 공유하지만 먹고 사는 문제 앞에서 늘 허물어진다

갑과 을 6
― 단가를 위하여

오늘 또 어떤 제품들이 찾아와
단가 깎자고 실랑이할 것일까
출근하는 아침 하늘 같이 마음도
잔뜩 찌푸려져 우울한 요즘

경기가 어려운 탓인지
자기들만 살려고 하는 것인지
습관처럼 단가 비싸다고
무조건 깎자며 생떼를 쓴다

물량 끊길까 두려워
평소보다 단가를 낮춰 불러도
낮춘 단가 또 깎이고 나면
자존심마저 깎이는 이 초라함

자존심까지 깎이고 살 수는 없어
정중하게
앞으로 여긴 절대 오지 말고
그 단가 맞는 공장
그런 공장 찾아가라 하고 싶다

갑과 을 7
— 접대

거래처 사장과 월례행사처럼
생선회를 먹으러 횟집으로 들어가다
수족관 앞에서 발길을 멈췄다

도다리 숭어 참돔 우럭
틀 속에 갇혀도 더 큰 입 피하려
싱싱함 잃지 않는 저 눈치들의 삶

유리벽을 통해 서로 마주 보고 있어도
묵살되는 저 사장과 나의 대화처럼
힘이 없으면 꼼짝 못 하는
아무리 애원처럼 입을 끔벅거려도
관용이 있을 수 없는 저 회칼 같은 세상

사장이 좋아할 싱싱함을 고르다
앗
나를 노려보고 있는
수족관 속 얼굴 하나

갑과 을 8
― 하청업체

원청회사에서
힘에는 힘으로 맞서지 못하는
같은 하청업체들끼리
거래를 위해 밥줄 건 전쟁을 붙인다

학연 지연의 명함 앞세워도
품질과 신뢰로 아무리 보시를 해도
거래를 위한 원청의 문
철옹성처럼 열릴 줄 모르고

고정거래가 되어도
다른 하청업체 들먹이며
아니면 말고 배짱의 횡포 앞에
급한 입 풀칠 위해 주머니 열게 하는
눈치 보며 엎드려야 할 이 짓거리

정직한 거래 죽은 지 오래된 것처럼
이해타산의 원청회사 저울질에
꼭두각시로 이리 휘둘리고
저리 꼬꾸라지는 하청업체들

갑과 을 9
— 퇴출

오늘따라 출근길이 막힌다

노랗게 길을 덮고 있는 낙엽들
초겨울 바람의 심술 피하지 못해
수북하게 쌓여 있는 것이
숨죽여 납작 엎드린 작은 공장들 같다

비켜갈 수 없는 바람에
뿔뿔이 흩날릴지 모를 비명 소리 안고
대책 없이 막막한 앞날에 눌린
저 불안한 고요

큰 공장 잔기침 소리에
매출이 적어 무거운 것들 어김없이
옥죄어 오겠지만 비켜갈 수도 없고
작은 바람만 불어도
언제 낙엽 될지 모르는 작은 공장들

갑과 을 10
— 관행

또 호출이다

요즘 품질이 개판이다
납기도 꼭 독촉을 해야 하느냐
신수가 훤하다
어디가 물이 좋다 하던데

매달 같은 제품들
똑같이 마감을 잡아도
이런 핑계 저런 이유로
호출하든지 전화질하면서
귀찮게 자꾸 긁는다

이번에 새로운 개발품이 있는데
다른 업체를 들먹이며
은근슬쩍 마음을 흔드는 것은
입이 고프다 신호

불끈 주먹이 쥐여져도
봉투 몇 개 챙겨 넣어야 한다

구조조정

한 지붕 밑에 있어도
서로 눈치 보며
손톱 세워야 하는 이 경쟁의 시대

푹푹 찌던 불볕더위 같은 불경기에도
쉬이
느슨해지는 마음 추스르며 다잡았고

떨어트리려 부는 칼바람에도
쫘악 꽉
앙다물고 버텨온 힘도 살아 있는데

다른 곳으로 자리 옮기면
서로 풍성한 가을 된다는 귓속말에
잠깐 정신 놓고 취해
탱탱한 긴장의 끈 놓는 순간
툭

너무 맑아서

출근하는 아침 하늘
구름 한 점 없이 참 맑다

덩달아 내 마음도 맑아져
혹시 오늘 좋은 이 기분처럼
일거리가 좀 들어올 것일까

푸르게 맑은 한여름 오후
푹푹 찌는 무더위를 물고
매미들도 자지러지게 울고 있는데
선풍기도 팽팽 잘 돌아가고 있는데

전화기도
공장에도
찾는 손님 하나 없고
며칠째인지도 모르는 체
저 하늘처럼 너무 맑은 공장

동네북

불경기 바람 등에 업고부터
일거리 걱정에 자리도 뜨지 못하고
휴대폰에 자꾸 눈길만 가는데

한차례 부르르 몸을 떨면서
깜빡깜빡 신호가 온다

기다리는 물량 소식이 아닌
싼 이자에 돈 빌려 가라 한다
계약회사 옮겨주면 폰 공짜다
새로운 카드 나왔다
신상품 보험 생겼다
부동산에 리조트에 투자하라

철부지 아이처럼 떼쓰는
낚시미끼 같은 저 유혹들
끄지도 못하고
덥석 물 수도
쉽게 뿌리칠 수도 없어

때리면 때리는 대로
울리고 토하는 저 휴대폰

비정규직

이젠
닻을 내리고 싶다

일용직으로
이 공장 저 공장을 맴돌아도
바람처럼
한 곳에 머물 수 없는 시한부의 삶

연장 계약기간 가까워져 올수록
풍랑 만난 어선같이
방향이 없다 앞날을 향한
좌표는 더욱 찍을 수 없고

바람도 없는 이런 날
무게 중심 잃고 흔들리는 건
몸과 마음뿐이 아니다

키보다 더 길어진 그림자를 물고
이력서 한 칸 채울 준비를 할 때마다

울고 싶다
마음 놓고 울 수 있다면
그것도 내겐 사치이다

가뭄시대

쨍쨍한 불볕을 따갑게 물고
단비를 기다리던 농부의 마음같이
밥줄이 될 논바닥 말라 쩍쩍 갈라지고

빠져나갈 구멍도 없는
웅덩이 속 작은 물고기들처럼
허연 배를 뒤집으며 파닥거리는
신용불량에 족쇄 찬 노숙자들

차별에 차별로 배배 꼬이고 꼬여
일자리까지 위태위태한 비정규직
바싹 타들어 간 그 가슴같이
발갛게 물드는 저녁노을
내일이 불안한 징조처럼 버티어 섰고

이 환장할 목마름 앞에
먼지만 풀풀 이는 저 신자본주의

동물원

때 되면 먹여주지
건강검진 해주며 돌봐주지
어쩌면
걱정 하나 없이 보여도

조련사의 손에 거세되게 길들어져
반복된 일상에 갇혀
길들어진 재주 팔아야만 한다

보장도 적은 최저시급에
매여 살아 서러운 비정규직처럼
먹이를 위해 재주만 하는
저 말 못하는 사연들

돌아서면 허기지는 이 가식의 틀
일탈을 위해
우울한 밤마다 목을 길게 뽑아
질서 파괴된 그 먹이사슬 향해
우우우 목마른 울음 울고 있다

3부

잡초

따뜻한 눈길 한번 받지 못하고
뚜렷이 내세울 이름 하나 없어
뭇 찬바람만 맞았다

발길에 차이고 짓밟혀도
원망 대신 내 못남을
가슴으로 삭힐 줄만 알았다

해가 몇 번을 바뀌고 바뀌어도
거짓말하지 않는 땅
그 땅을 배반하지 않는
씨앗의 근성처럼

빈집 마당에서
묵정밭에서
남의 시선 의식하지 않고
제자리 지키며 살 줄 안다

무명씨

북극성처럼 길잡이 되지 못해도
어두운 하늘 밝히고 있는
저 많고 많은 별들

화려하진 않아도 모래알같이
작아서 모여서 빛이 되고

이름 모를 별들 있어
밤하늘이 저리도 아름다운 것처럼

북극성처럼 빛나지는 않아도
저마다의 색깔로 피고 지는
저 아름다운 꽃들처럼
소리 소문도 없이 제자리 지키며
묵묵히 홀로 반짝이는 사람들

자리

여름을 밀어냈던 가을
이젠 겨울에 밀리고 있다

황혼 길에서 보는 나무
키보다 더 길어진 그림자로 서서

떠나기 싫어 알랑거려도
단풍든 잎들 떨어트릴 줄 알고
되돌아오지 않을 시간
거스를 고집 내세우지 않는

밀리고 밀어내는 공존의 사슬
우리네 삶도
저렇게 아름다울 수는 없는가

얼굴

스스로 자랑하지 않아도
벌과 나비
저절로 찾는 저 꽃

누굴까

가을볕이 잘 익은 일요일 오후
누가 나를 부르나
발걸음은 벌써 안달이다

혼자 둑길 나서보면
인기척 느낀 풀벌레들 소리 낮춰
아니다아니다 하며 가만히 숨 숙였고
바람이 전하는 귓속말에도 억새는
마른 소리로 서걱되며 모른다는 척
살래살래 머리 흔들고 있는데

내 가슴 속으로 돌팔매질한
부르던 소리 애써 찾아보지만
허공 저 어디쯤
끝내 소리 하나 들려오지 않는데

지난여름
황토물에 몸살 앓았던 그 강물
오늘따라 더 푸르진 물살로

보란 듯이
제 갈 길 향해 묵묵히 흐르고

돌아서는 저만큼
앞서 걸려 있는 붉은 노을

등불

부끄럽지 않게 살아가자고
가슴으로 켠
작은 소망 하나

바람은
언제나 예고 없이 불어오는 길

바람이 불고 갈 때마다
깜빡이며 흔들리는 불안

거세게 부는 바람 거부할 수 없어
마음의 자세 낮추고 낮춰도
비켜갈 수 없는 이 흔들림의 길

심지를 꺾으면
어둠은 마음에서부터 온다

센스등

정전이 아니다
꼼짝하지 않으면
스스로 죽고
움직이면 사는
저 생명

갈증

어디로 다 숨어버린 것일까
아무리 귀를 세워 봐도
높은 하늘은 보란 듯이 더 파랗고

나이 무거워 올수록
사람이
사람이 까닭 없이 그리워
생떼 쓰며 보채는 아이처럼
얄밉도록 고픈 이것은

따스한 햇볕을 물고
고추잠자리도 무리 지어 놀고
가을도 넉넉하게 익어가고 있는데

오라는 사람 없어도
어디로 나서고 싶은 마음 깊숙이
고팠던 만큼 흠뻑 젖지 못한 것들

젖고 싶은 것이다

마실수록 벌겋게 타오른 술기운
길이 비좁도록 흔들며 부르고 불러도
가슴은
자꾸 바삭바삭 메마른 소리만 나고

옹이

풋풋한 잎들 매달고
살랑살랑 바람 소리 내며
춤추고 싶은 욕심도 있었을 것이다
잘리기 전에 저 나뭇가지는

일어서고 싶었을 것이다

말갛게 되살아날 그리움만큼
있는 힘 다해 버티며
수 없이 앙다물어도 보았을 것이다
이루지 못한 것은 상처가 되고

지우고 싶었을 것이다

새들도 부르고 향 짙은 꽃들 피우며
시원한 그늘도 만들고 싶었던
따스한 마음도 있었을 것이다
내세울 수 없던 것은 앙금이 되고

말하고 싶지도 않았을 것이다

털고 털어도 털리지 않는
아픔으로 곪아 흔적이 된 그 사연
내가 먼저 가슴을 열고
가만히 귀 기우려 보고 싶다

가로수

명퇴 강요당하듯
낯선 곳으로 발령 난 것처럼
하루아침에 뿌리뽑혀온 것이다

온 힘을 다해 살아왔는데

저항할 힘도 없이 엮여서
의지대로 살기 어려운 건 현실이고
지켜보는 눈들 앞엔 시치미 뚝
항상 싱싱하고 활기차게
웃는 얼굴로 있어야 할 들러리의 자리

두고 온 제 땅이 그리울 때마다
바람은 알량한 귓속말로
뿌리내리고 살면 고향 된다지만

매연 자욱하게 찌든 밤
길고 길기만 하다

바가지

고픈 것은 소리를 낸다

채우고 채워도 채워지지 않는
밑 빠진 물독처럼

살아오면서 허기지는 것만큼
항상 불량학생인 나를
귀가 멍멍해지도록 긁고
길이 아닌 길에서 헤맬 때
따발총처럼 다다다 볶는
아내는 언제나 무서운 호랑이 선생님

볶고 긁는 아내의 그 관심
허하게 살아온 나를 위해
채우며 열어갈 고픈 소리이다

명퇴

겨우내 몸살 앓던 나무들
새싹 피워내고 있는 공원에서
독촉들의 따가운 아우성을 깔고
먼 산 바라기하고 앉았다

거리는 바쁜 소리들로 요란스럽고
자리를 잃은 내 엉덩이는
점점 더 무거워지고 있는데

바쁘지 못한 내 발걸음
보란 듯이
바람처럼 나뭇가지를 흔들며
먹이를 문 어미 새 한 마리
포르릉 빠르게 날아가는데

저 어미 새나 나무처럼
닮고 싶은 나를
어둠이 또 밀어내고 있다

4부

촛불
— 고 노무현 대통령 영전에

질펀한 어둠 밝혀가자고
그 어둠이 무겁게 눌러도
심지 꼿꼿하게 세워 타올랐습니다

이 시대 저 캄캄한 어둠 흔드는
쌓이고 쌓여 답답했던
가슴 여는 소리였습니다

권위주의의 체면 스스로 머리 숙여
어깨 밑으로 내려놓으시고
봉하마을에서 다정다감한 할아버지로
가슴 열고 만나는 따뜻한 이웃으로
컬컬한 막걸리 맛에 농익는
투박한 농부의 소탈한 웃음도
죄가 되는 이 세상

그랬습니다
어둠은 얕은 마음에서부터 오는 것이고
자기 배만 채우는 은밀한 거래

그 어둠에 길들기를 거부한 채
봉하마을 부엉이바위에서
변명하지 않을 역사를 향해
제 한 몸 사루어
어둠 밝히는 빛이 되셨습니다
내 작은 가슴에도 타오르고 있습니다

꽃

천주산 줄기 애기봉으로 가면
아직도 귀에 쟁쟁한
그 뜨거운 함성 머금고
민주 향기로 핀 꽃들 있다

여기 마산에서
독재시대의 어둠 밝히자고
온 몸을 던져
마중물로 꽃이 된 사람들
이 땅의 봄은 그렇게 시작되었지

봄을 알렸던 그 날이 올 때마다
산과 들에 피는 꽃들처럼
한철 꽃구경으로만 애용되고
한철 체면이나 명목으로만 이용되는
이 3.15 민주의 꽃

봄이 완연해진 지금도
아르르 떨고 있는 저 꽃들

외로운 것이다
시려운 것이다

조짐

예고는 이미 시작되었다

소리를 못 듣는 것인가
조용조용 은밀한
이건 분명 곳간의 도둑 같은데

냄새를 맡지 못하는 것인가
얼굴 찡그려지도록 토하고 싶은
이건 분명
온갖 비리로 정신들 썩고 있는 것 같은데

느낌도 오지 않는 것인가
말들만 화려하게 치장한 거리
그 유혹에 빠져 길을 찾지 못하는
이건 분명 불길한 징조 같은데

판단을 못 하는 것인가
제 배만 채우고 있는 사람들께
희망을 저당 잡힌 줄도 모르고

들러리로 서서히 죽어가고 있는 것 같은데

사람보다 더 눈치 빠른 저 미물들
지금 화산이 폭발할 낌새를 채고
벌써 발 빠르게 움직이기 시작했는데

박산골짜기

아직도 총탄 흔적들 선명한
보이는 것만 전부가 아닌
박산골짜기 그 억울한 역사 앞에
이 시대의 양심 꽁꽁 얼어붙어 있다

어찌 억울하지 않았겠는가
어찌 눈 감을 수 있었겠는가

잠시 할 말을 잃고 그 날의 현장을
감히 상상으로 떠올려 보는데
회초리처럼 날카로운 바람이
염치도 없이 빳빳한 내 고개를
푹 수그리도록 죽비같이 불고 간다

거창하면 빨간 사과보다
더 빨갛게 산사람 박살 낸
이 박산골짜기를 먼저 기억할 일이다

성형수술

백두대간을 따라 푸르게 흐르는
저 강들을 수술했다

디지털시대도 뒤처져가는 요즘
아프지도 않은 강을 환자로 만들어
생살 파헤쳐 아날로그로 성형해
몽상의 배 띄우려 했다

성형의 몽상에 젖어 받은 수술
부메랑 되어 큰 상처로 되돌아와
돌팔이를 의사로 믿었던
돌이킬 수 없는 후회 앞에
가슴 아파 피눈물 흘리며 선 사람들

지금 우리는 안다
벌써 강들이 토하고 있는 저 비명 소리
엄살이 아니란 걸
성형수술 당한 저 강들이
한순간 벌떡 일어서서 덮쳐올 날
서서히 가까워 오고 있다는 걸

강

물에
빨간색을 넣으면 빨갛고
검은색을 넣으면 검은
거짓말할 줄 모르는
물은
눈 시린 개발의 문명
그 눈먼 욕심의 문명 속으로
흘러 흘러나오면
물고기들이 먼저
죽어서 고백을 한다

해바라기
― 전태일 열사를 추모하며

한 곳만 바라보았습니다

윤슬처럼 부시도록 빛나는
맑은 웃음 자장 되어
온몸으로 눈 뜨게 했습니다

때론
밤과 낮을 구별할 줄 아는 분별력으로
덜 여문 나에게
강한 비와 바람으로
따가운 침묵의 햇볕으로
더욱 당차게 살아갈 교훈 주셨습니다

깜깜한 어둠을 향해 당신이 외쳤던
인간다운 노동자 삶을 위해
당당하고 뜨거운 그 투명한 정신
이젠 내 가슴을
까맣게 잘 여물게 했습니다

뚫어

흐를 것은 반듯이 흘러야 한다

하수구가 막히면
고약한 냄새 진동하고
굴뚝이 막히면
매캐한 연기 눈 따갑고
이웃과 대화 단절되면
자기만 아는 이기주의 되는 것처럼

서로 내 탓은 없고
네 탓만 손가락질하다
가족과 친척 그 모두의 가슴들
흐르지 못하게 막고 있는
핑계의 이데올로기로 벌겋게 녹슨
남북을 갈라 막아놓은 저 38철조망

누가
저 철조망을 걷어갈까
엿장수 아니 고철장사
아나콩콩이다

마

덩치 작다고 깔보지도 마

줄도 빽도 없다고 무시하지도 마

소리 없이 엎드려 있다고 짓밟지도 마

그 고의성의 돌 핑계처럼 던지지도 마

만남을 두고

나무 한 그루 심는다

보고 싶은 들뜬 마음 하나로
기다림의 창을 열고
두 귀 쫑긋 세우면
마음은 벌써 촉촉하게 젖는다

설렘 담은 물도 주고
반가움 실은 거름도 하며
정성을 다해 가꾸는 나무
진한 그리움을 물고 커가는 데

창을 닫고 돌아서는 날마다
기다림으로 쌓인 하얀 시간 앞에
잊어보려 고개 흔들어 보지만
그리움은 더욱 파랗게 피어나고

나이테만 늘어가고 있는
내 가슴속 통일나무 한그루

백두와 한라의 만남을 위해
아직도 짙고 푸르기만 하고

횡단보도

요즘은
직선이 대세이다

가야 할 길 저만큼
빨갛게 충혈된 눈 부릅뜨고
양쪽에서 지켜보고 선
일방통행처럼 낙하산의 길

그 수직의 길
소통의 멈춤을 위해
다시 직각으로 꺾고 누운 자리

기다림의 소통은
아직도 빨간불이다

역사교과서

진실은
앞을 내다볼 수 있는 창窓이 되고

거짓은
길을 가로막는 벽壁이 된다

기회주의

부드러운 바람이었다

간질이는 봄기운에 그만
속가슴 풀고 활짝 웃어버린
제 잘난 꽃

아직도 탱탱하게
탱탱한 긴장 풀지 못하고
아직도 움츠려 있는 봉오리들 앞에
자랑같이 으스대고 깐죽거리는 것이

앞날이 불안한 난기류의 시대
너무 쉽게
아니 너무 빨리 일탈하려는 욕심으로
본분의 자세 잊고 서둘러
서둘러 요란스럽게 피어서는

봄날 같은 따스한 입김에 속아
정신줄 놓은 그 아둔함 일깨우는

소소리바람 매섭게 불고 갈 때
뚝뚝 떨어지는 꽃잎 꽃잎들

봄은 그냥 오는 것이 아니다

쿠데타로 만든 겨울공화국
그 꽁꽁 언 박토의 땅 갈아엎고
자유민주주의 꽃 피우기 위해
군부독재정권 물러가라
유신정권 철폐하라
너도나도 망설임 없는 한목소리로
어깨 탄탄히 걸었지

경남대학교에서 남성동에서
북마산에서 불종거리에서
오동동에서 하나 된 우리
피를 두려워하지 않았다
아니 두려운 줄을 몰랐다

독재의 압박 강하게 눌러올수록
자유를 위해 튀어 오를 반탄력 가진
용수철 같은 여기 마산 민주 시민들
흔들리면 뽑히는 썩은 이빨처럼
압제의 혹독한 아성 흔들고 흔들어

억압의 족쇄를 풀고
부정부패의 썩은 사슬을 끊고
마침내 겨울을 이겨내고 오는 봄

이 땅 민주의 이 봄은
독재와 유신의 얼룩 태우고
자유민주주의에 목마른 피 흘리며
그렇게 시작되었지
무학산이 산증인이다

아직도 산은 말이 없고

삼천리방방곡곡
상처 없는 산 어디 있으랴
붉게 핏물 들지 않은 들판 어디 있으랴

열리는 아침마다
닫히는 저녁마다
떠도는 영혼 울음소리 없는 곳 어디 있으랴
억울하지 않은 죽음 어디 있으랴
산목숨치고 죄인 아닌 자 또 어디 있으랴

총성이 휩쓸고 간 팔월 한낮
태양도 눈을 감고
흐르던 물마저 길을 잃어버렸던
속수무책의 공포 앞에 선 그들
수십 년 대대로
죄 없는 죄인으로 낙인찍혀 살아온 사람들
감히 누가 반성 없는 평화를 말하는가

여기 진전면 곡안리에서

나는 오늘 맑은 영혼을 생각한다
진실과 정의와 평화라는 딱딱한 말 대신
연민과 용서와 화해라는 부드러운 말을 생각한다
굳게 입을 닫은 저 말 없는 능선들 앞에
아직도 무거운 바람 소리 쟁쟁한
아득한 절벽을 본다

해 설

깨어있는 의식이 찾은 심오한 의미
— 이규석의 시 세계

권   온(문학평론가)

1.

이규석이 두 번째 시집을 출간하였다. 첫 시집 『하루살이의 노래』를 간행한 지 11년의 세월이 흐른 뒤 다시 맞이하는 새로운 시의 아침이 밝아오는 것이다. 시인은 '시인의 말'에서 스스로의 게으름과 나태함, 변명과 핑계 그리고 후회를 이야기한다. '객토동인'으로서, '경남작가회원'으로서 시의 손을 꼭 잡고 있는 그는 이제 흔들림 없이 나아가자고 다짐한다. 이규석의 단단한 삶이 가득 담긴 이번 시집에서 각별하게 주목하려는 시편은 다음과 같다. 「전봇대」「가시」「잠 못 드는 밤」「화풀이」「갑과 을 4—결재」「갑과 을 5—블랙리스트」「갑과 을 6—단가를 위하여」「무명씨」「가로수」「박산골짜기」「아직도 산은 말이 없고」 등이다. 우리는 시인의 시를 읽고 그의 삶을 느끼며 이 사회의 진실을 확인할 예정이다. 이규석의 언어를 바로 보는 일은 아픈 상처에 담긴 곡진한 진심을 나누는 일이다.

2.

어깨 무겁다고
슬쩍
내려놓을 수도 없는 짐

스스로 길이 되어
흔드는 말들은 삼켜야 했다

세찬 바람 불고 갈 때마다
우우우 속울음 울어도
감히 일탈할 수 없는 제자리

꿋꿋하게 지키고 섰다

—「전봇대」 전문

시인은 '전봇대'라는 사물을 바라본다. 그가 관찰하는 대상은 '전봇대'인 동시에 '자기自己'이다. 그는 어깨가 무겁지만 짐을 "슬쩍 내려놓을 수도 없"다. 그의 주위에는 "흔드는 말들"이 가득하지만 그는 그것을 그저 삼키고

"스스로 길이 되어"야 했다. 그는 "세찬 바람"이 힘겨워 "속울음 울어도" "제자리"를 "일탈할 수 없"다. 그가 자신에게 주어진 위치를 "꿋꿋하게 지키고" 있을 수밖에 없는 이유는 무엇인가? 그가 '전봇대'와 '상응相應'하고 '조응照應'할 수 있었던 까닭은 무엇인가? 그가 언제나 그 자리를 지키고 있을 수밖에 없는, 하나의 '전봇대'가 되어야 하는 이유는 그가 누군가의 남편이자 아버지라는 곧 가장家長이며 무엇보다도 진정한 인간이기 때문일 테다. 이규석은 그런 시인이다.

손에 가시가 박혔나 보다
따끔따끔 찔러올 땐
아찔할 정도로 소스라친다

너무도 작아서 가물가물
눈에 잘 보이지도 않는 것이
이렇게 맥 못 추게 만드는 걸 보면

살아오면서 작고 약해 보인다고
거만하게 무시한 적은 없었던가
체면만 앞세워
남의 가슴 시리게 한 적은 없었던가
두렵다고 몸 사려
잘못을 보고 외면한 적 또한 없었던가

손에 박힌 작은 가시 하나
투명하지 못했던 내 양심을 향해
충고처럼 아프게 콕콕 찔러온다

　　　　　　　　　　　　　—「가시」 전문

　시의 화자 '나'의 "손에 가시가 박혔나 보다" "너무도
작아서 가물가물/ 눈에 잘 보이지도 않는" '가시'에 '나'
는 "소스라"치고 "맥 못" 춘다. 감기에 걸리거나 두통이
생겨도, 그런 사소한 이상異常 앞에서도 놀라는 인간이기
에 '가시'를 대하는 '나'의 반응은 자연스럽다.

　이 시의 1연과 2연이 어떤 '현상'과 '반응'을 다룬다면
3연과 4연은 주체의 '반성'과 '성찰'을 유도한다는 점에서
주목된다. '나'는 그동안의 삶을 되돌아본다. '나'는 누군
가를 "거만하게 무시한 적"이나 "남의 가슴 시리게 한
적" 또는 "잘못을 보고 외면한 적"에 관한 기억을 소환한
다. "손에 박힌 작은 가시 하나"에서 아픔을 느낀 '나'가
스스로의 '양심'을 되돌아볼 수 있다는 것은 이규석 시인
이 '사물'과 '주체'가 하나가 되는, '대상'과 '나'가 동일화
하는 시적인 순간을 기꺼이 껴안는다는 사실과 다른 말
이 아니다.

　요즘은
　잠 못 드는 밤이 많다

눕자마자 잠든 아내를 보며
질투 날만큼 부러워하다가도
자리를 이탈할 수 없는 라인 작업
온종일 얼마나 피곤했을까

가장의 위치 바로잡지도 못하고
아내만 고생시킨다는 안타까움에
몇 번을 뒤척이고 뒤척이다
가만히 아내 손잡아본다

욕심처럼 아내 손을 잡아도
찌릿한 전기도 통하지 않는 이 나이
이런저런 걱정들로 꼬리를 문
어두운 앞날같이
오늘 밤은 더욱 길고 길기만 하다

—「잠 못 드는 밤」 전문

　사람이 살아가다 보면 "잠 못 드는 밤"을 맞이하기도
한다. 대개 "잠 못 드는 밤"을 맞는다는 것은 좋은 상황
이 아님을 뜻한다. 이 시를 주도하는 목소리 또는 시인
은 "눕자마자 잠든 아내를 보며/ 질투 날만큼 부러워"한
다. 그가 '아내'를 부러워하는 까닭은 그녀가 꿀잠을 잔
다고 생각하기 때문이다. 하지만 이내 그의 생각은 바뀌
고 만다. 아내의 꿀잠은 "온종일" 이어진 "자리를 이탈할
수 없는 라인작업"의 산물임을 깨달았기 때문이다.

스스로 "가장의 위치 바로잡지도 못하고/ 아내만 고생
시킨다는 안타까움에" 시인은 "잠 못 드는 밤"을 맞이하
게 된 게다. 잠든 아내의 손을 잡아도 더 이상 "짜릿한
전기도 통하지 않는" 나이의 그에게는 "이런저런 걱정들
로 꼬리를 문/ 어둔 앞날"이 펼쳐져 있을 뿐이다. 우리
시대 수많은 가장의 입장을 절절하게 대변하는 이 시에
는 리얼리티가 생생하게 살아있다.

동전을 넣으면 여기서 쏘옥
저기서 쑤욱 얼굴 내미는 두더지
망치로 사정없이 머리를 내리친다

남의 땅 마구 들쑤시고 다니던 저놈
얄밉고 괘씸한 울분 일어
나도 모르게 힘껏 내리치다
어쩌면 누굴 닮았다는 생각이 들어
더욱 망치에 힘은 실리고

두드리고 두드린다
후련하게 직성이 풀릴 것처럼

망치로 두더지를 향해 내리치는데
불쑥
내 얼굴이 올라왔다

—「화풀이」 전문

적잖은 사람들이 두더지 잡기 게임을 한 번쯤은 해 보았을 게다. "여기서 쏘옥/ 저기서 쏘옥 얼굴 내미는 두더지/ 망치로 사정없이 머리를 내리친" 추억이 있을 테다. 시의 화자 '나'는 두더지 머리를 내리치면서 "얄밉고 괘씸한 울분"을 푼다. '나'는 "후련하게 직성이 풀릴 것처럼" 두더지 얼굴을 "두드리고 두드린다"

이 시의 핵심은 2연 4행의 "어쩌면 누굴 닮았다는 생각이 들어"와 관련된다. 여기저기서 올라오는 두더지의 얼굴을 보면서 '나'는 누구를 떠올렸을까? 4연 3행의 "내 얼굴이 올라왔다"에 주목하자. 두더지는, 두더지의 얼굴은 바로 '내 얼굴'이었던 것이다. 우리는 원인을 알 수 없는 울분의 근원에 '나'가 존재한다는 현실을 어떻게 받아들여야 할까? 현대인이 겪는 화, 울분, 분노에는 뚜렷한 이유가 없는 경우가 많다. 이 작품은 경쟁 사회를, 피로 사회를 살아가는 우리들의 자화상일 수 있다.

월말에 마감을 잡고
한 달 보름을 안고 가는 결재이지만
나는 하루 벌이로 사는 것과 같은데
결재일이 지났는데도 입금 소식이 없다

공장세 전기세 각종 공과금 등
입만 벌리고 차례 기다리는
저 독촉의 아우성들

다급해진 마음에 전화를 하면
조금만 더 기다려 달라 한다
그 조금이 한 달을 넘어가고

하루 벌이의 한 달 그 입을 막으려면
가족 위해 계산된 것들은 자꾸 동강 나고
빚의 후유증에 지인들은 멀어만 가고
은행의 잔기침에 집까지 흔들거리는

처방전 없는 이 반복의 생리통
아직도 하늘은 노랗고

—「갑과 을 4—결재」전문

  '갑甲'과 '을乙'의 관계는 어제오늘의 문제가 아니다. 시의 화자 '나'는 "하루 벌이로 사는 것과 같은" 입장인데, "결재일이 지났는데도 입금 소식이 없다"는 것은 치명적이다. "공장세 전기세 각종 공과금 등"이 우는 아이처럼 입 벌리고 달려드는데, "조금만 더 기다려 달라"는 외침은 "한 달을 넘어가고" 만다. "하루 벌이"에게 "한 달"을 참으라는 이야기는 "가족"을 포기하고 "지인들"과 절연하라는 말과 다르지 않다. 급기야 "은행의 잔기침에 집까지 흔들거리는" 상황에 다다른다. 더욱 심각한 것은 하늘이 노래지는 이런 지연 입금이 매번 반복된다는 점이다. "처방전 없는 이 반복의 생리통"을 언제까지 겪어야 하나? 이는 '나'의 문제이자 시인의 문제이며 이 시대를 헤쳐 나아가는 우리 모두의 문제가 아닐 수 없다.

　첫 거래이고 금액이 적어 현찰 박치기해 준다며 낯선 거래처에서 작업의뢰가 왔다 작업을 해야 하나 말아야 하나 갈등하기보다 거래처가 늘수록 좋다는 생각에 덥석 문다 두 번째는 금액이 조금 늘어난 만큼 결재도 조금 더 밀리고 세 번째는 미결재가 더 많이 남고 그다음엔 미결재 때문에 어쩔 수 없이 작업해 주어야 한다 밀린 금액이 많아 불안할 때쯤이면 보통 연락이 안 된다 같은 업종들끼리 만든 블랙리스트 또 다른 피해 막기 위해 서로서로 공유하지만 먹고 사는 문제 앞에서 늘 허물어진다
　　　　　　　　　　　　　　―「갑과 을 5―블랙리스트」 전문

　"낯선 거래처에서 작업의뢰가 왔다"는 사실이 문제가 되는 바는 아니다. "거래처가 늘수록 좋다는 생각"은 타당한 바가 있다. 문제는 새로운 거래처의 일관성에 달려 있다. 낯선 거래처는 "첫 거래"에서 "현찰 박치기"를 제공하지만, "두 번째"에서는 "결재도 조금 더 밀리고" "세 번째는 미결재가 더 많이 남고" "그다음엔 미결재 때문에 어쩔 수 없이 작업해 주어야 한다" 그리고 "밀린 금액이 많아 불안할 때쯤이면 보통 연락이 안 된다"
　거래가 지속될수록 신용이 쌓이고 믿음이 가야 하는데, 거래가 계속될수록 결재가 밀리고 미결재가 늘어난다면? 쌓인 미결재를 해결하기 위해서 어쩔 수 없이 새

작업을 떠맡아야 한다면? "밀린 금액"을 회피하고자 연락을 끊고 잠수를 타는 거래처를 어떻게 해야 하나? "블랙리스트"에 오른 악성 거래처를 퇴출시켜야 하지만 "먹고 사는 문제 앞에서 늘 허물어"지는 게 현실이다. 이 시는 "갑과 을"의 구조를 적나라하게 파헤친 수작秀作이 아닐 수 없다.

오늘 또 어떤 제품들이 찾아와
단가 깎자고 실랑이 할 것일까
출근하는 아침 하늘 같이 마음도
잔뜩 찌푸려져 우울한 요즘

경기가 어려운 탓인지
자기들만 살려고 하는 것인지
습관처럼 단가 비싸다고
무조건 깎자며 생떼를 쓴다

물량 끊길까 두려워
평소보다 단가를 낮춰 불러도
낮춘 단가 또 깎이고 나면
자존심마저 깎이는 이 초라함

자존심까지 깎이고 살 수는 없어
정중하게
앞으로 여긴 절대 오지 말고

그 단가 맞는 공장
그런 공장 찾아가라 하고 싶다
　　　　　　　—「갑과 을 6—단가를 위하여」 전문

　'단가單價'란 물건 한 단위單位의 가격을 의미한다. 거래
처에서는 "습관처럼 단가 비싸다고/ 무조건 깎자며 생떼
를 쓴다" 시인은 "평소보다 단가를 낮춰 불러도/ 낮춘 단
가 또 깎이고 나면/ 자존심마저 깎이는 이 초라함"에 빠
지게 된다. 그러니까 '단가'는 그에게는 포기할 수 없는
'자존심'과 같은 말이 된다. 이 시를 읽는 독자는 4연에
주목하는 게 좋다. 시인은 여기에서 자존심을 지키고자
막무가내의 거래처를 향해 "정중하게/ 앞으로 여긴 절대
오지 말고/ 그 단가 맞는 공장/ 그런 공장 찾아가라"고
말하고 있는 걸까? 이규석은 정말 그런 말을 "하고 싶
다" 하지만 그것은 하나의 바람이자 희망사항일 뿐이다.
을의 입장인 그가 갑에게 그런 발언을 할 수는 없다는
사실은 이 시의 독자를 슬프게 할지도 모른다. 우리 사
회에 만연한 갑과 을의 공고한 관계를 보여주는 지점에
이 시의 핵심이 위치한다.

　　북극성처럼 길잡이 되지 못해도
　　어두운 하늘 밝히고 있는
　　저 많고 많은 별들

화려하진 않아도 모래알같이
작아서 모여서 빛이 되고

이름 모를 별들 있어
밤하늘이 저리도 아름다운 것처럼

북극성처럼 빛나지는 않아도
저마다의 색깔로 피고 지는
저 아름다운 꽃들처럼
소리 소문도 없이 제자리 지키며
묵묵히 홀로 반짝이는 사람들
— 「무명씨」 전문

　　'무명씨無名氏' 또는 '실명씨失名氏'는 이름을 알 수 없는
사람을 가리킨다. '민중民衆' 곧 국가나 사회를 구성하는
일반 국민 또는 피지배 계급으로서의 일반 대중의 대부
분은 이름을 알 수 없는 사람 곧 무명씨일 테다. 이 시는
우리 사회의 근간을 이루는 일반 국민 또는 일반 대중의
진면목을 포착한다. 시인이 무명씨를 배치하는 무대는
"밤하늘"이다. 무명씨는 "북극성"이 아니어서 빛나지 않
고 길잡이가 되지 못한다. 이규석에 따르면 무명씨는
"이름 모를 별들 있어/ 밤하늘이 저리도 아름다운 것처
럼" "저마다의 색깔로 피고 지는/ 저 아름다운 꽃들처
럼/ 소리 소문도 없이 제자리 지키며/ 묵묵히 홀로 반
짝"인다.

사람이 살아가면서 꼭 이름을 알려야 하는 것도 아니고, 반드시 이름을 남겨야 하는 것도 아닐 게다. 그저 묵묵히 자신의 운명을 감당할 수 있으면 족하지 않겠는가? 이 대목에서 독자에게 소개하고 싶은 시는 김종삼의 「누군가 나에게 물었다」이다. "그런 사람들이/ 엄청난 고생되어도/ 순하고 명랑하고 맘 좋고 인정이/ 있으므로 슬기롭게 사는 사람들이/ 그런 사람들이/ 이 세상에서 알파이고/ 고귀한 인류이고/ 영원한 광명이고/다름 아닌 시인이라고."

> 명퇴 강요당하듯
> 낯선 곳으로 발령 난 것처럼
> 하루아침에 뿌리뽑혀온 것이다
>
> 온 힘을 다해 살아왔는데
>
> 저항할 힘도 없이 엮여서
> 의지대로 살기 어려운 건 현실이고
> 지켜보는 눈들 앞엔 시치미 뚝
> 항상 싱싱하고 활기차게
> 웃는 얼굴로 있어야 할 들러리의 자리
>
> 두고 온 제 땅이 그리울 때마다
> 바람은 알량한 귓속말로
> 뿌리내리고 살면 고향 된다지만

매연 자욱하게 찌든 밤
길고 길기만 하다

— 「가로수」 전문

시인詩人은 복안複眼 또는 겹눈을 가진 존재일 수 있다. 여기를 보면서도 저기를 생각하고, 이곳에 있으면서도 저곳을 염두에 두는 자가 시인일 수 있을 터. 이규석은 '가로수'를 이야기하지만 독자들은 '가로수' 너머에 위치한 누군가를 찾는다. 우리는 이 시를 읽으며 "명퇴 강요 당"한 누군가를, "하루아침에" "낯선 곳으로 발령 난" 어떤 이를 생각한다. 시인이 제시하는 누군가 또는 어떤 이를 '들러리'로 규정할 수 있을 테다. "항상 싱싱하고 활기차게/ 웃는 얼굴로 있어야 할 들러리의 자리"라는 진술은 들러리라는 존재에 내재하는 애처로움을 극대화하는 묘구妙句이다.

아직도 총탄 흔적들 선명한
보이는 것만 전부가 아닌
박산골짜기 그 억울한 역사 앞에
이 시대의 양심 꽁꽁 얼어붙어 있다

어찌 억울하지 않았겠는가
어찌 눈 감을 수 있었겠는가

잠시 할 말을 잃고 그 날의 현장을
감히 상상으로 떠올려 보는데
회초리처럼 날카로운 바람이
염치도 없이 빳빳한 내 고개를
푹 수그리도록 죽비같이 불고 간다

거창하면 빨간 사과보다
더 빨갛게 산사람 박살 낸
이 박산골짜기를 먼저 기억할 일이다
— 「박산골짜기」 전문

"역사를 잊은 민족에게 미래는 없다"라는 말을 생각할 때, 이규석의 「박산골짜기」는 유의미한 시이다. 우리는 시인이 환기하는 "그 억울한 역사"를, "그 날의 현장을" "이 박산골짜기를 먼저 기억할 일이다" 이규석이 진술대로 박산골짜기에서 스러진 이들은 "어찌 억울하지 않았겠는가" "어찌 눈 감을 수 있었겠는가" "거창하면 빨간 사과"만 떠올리던 독자들은 이제부터 "사과보다/ 더 빨갛게 산사람 박살낸" 박산골짜기의 고장을, 거창을 생각할 수 있다. "잠시 할 말을 잃고 그 날의 현장을/ 감히 상상으로 떠올려 보는" 것만으로도 우리들은 다른 사람이 될 수 있다.

삼천리방방곡곡
상처 없는 산 어디 있으랴

붉게 핏물 들지 않은 들판 어디 있으랴

열리는 아침마다
닫히는 저녁마다
떠도는 영혼 울음소리 없는 곳 어디 있으랴
억울하지 않은 죽음 어디 있으랴
산목숨치고 죄인 아닌 자 또 어디 있으랴

총성이 휩쓸고 간 팔월 한낮
태양도 눈을 감고
흐르던 물마저 길을 잃어버렸던
속수무책의 공포 앞에 선 그들
수십 년 대대로
죄 없는 죄인으로 낙인찍혀 살아온 사람들
감히 누가 반성 없는 평화를 말하는가

여기 진전면 곡안리에서
나는 오늘 맑은 영혼을 생각한다
진실과 정의와 평화라는 딱딱한 말 대신
연민과 용서와 화해라는 부드러운 말을 생각한다
굳게 입을 닫은 저 말 없는 능선들 앞에
아직도 무거운 바람 소리 쟁쟁한
아득한 절벽을 본다
                              —「아직도 산은 말이 없고」 전문

역사를 향한 이규석의 관심은 일회적인 게 아니다. 시인은 거창 '박산골짜기' 학살에 이어서 이번에는 마산 '진전면 곡안리'에서 발생한 학살에 주목한다. 전자前者의 주체가 국군(육군)이었다면 후자後者의 주체는 미군이었다. 한국전쟁이라는 특수 상황에서 발생한 두 사건에 대해서 국군이나 미군은 수십 년의 세월 동안 아무런 인정도 하지 않았고 제대로 된 사과 역시 없었다.

1연과 2연에서 5회 반복되는 표현인 "어디 있으랴"는 학살 사건을 대하는 이규석의 심정을 강화하고 심화한다. 시의 화자 '나'는 "진전면 곡안리에서" 스러진 "맑은 영혼을 생각한다" 시인은 "떠도는 영혼 울음소리"를, 영혼의 '상처'와 억울한 '죽음'을 마음에 새긴다. "아직도 산은 말이 없"지만 이규석의 안내로 우리는 "연민과 용서와 화해라는 부드러운 말을 생각한다" 시인은 "진실과 정의와 평화"가 깃든 대한민국을 세울 의무가 우리 모두에게 있음을 잔잔하면서도 힘찬 음성으로 말하는 게 아닐까?

3.

이규석의 이번 시집에서 이 글이 각별히 주목한 시편으로는 「전봇대」「가시」「잠 못 드는 밤」「화풀이」「갑과 을 4—결재」「갑과 을 5—블랙리스트」「갑과 을 6—단가를 위하여」「무명씨」「가로수」「박산골짜기」「아직도 산은 말이 없고」 등이 있다. 「전봇대」에서 시인이 관찰하는 대상은 '전봇대'인 동시에 '자기自己'이다. 이 시의 대상이 하나의 '전봇대'가 되어야 하는 이유는 그가 누군가의 남편이자 아버지라는 곧 가장家長이며 무엇보다도 진정한 인간이기 때문일 테다. 「가시」에서 "손에 박힌 작은 가시 하나"에서 아픔을 느낀 '나'가 스스로의 '양심'을 되돌아볼 수 있다는 것은 이규석이 '사물'과 '주체'가 하나가 되는, '대상'과 '나'가 동일화하는 시적인 순간을 기꺼이 껴안는다는 사실과 다른 말이 아니다. 우리 시대 수많은 가장의 입장을 절절하게 대변하는 「잠 못 드는 밤」에는 리얼리티가 생생하게 살아있다. 우리는 원인을 알 수 없는 울분의 근원에 '나'가 존재한다는 현실을 어떻게 받아들여야 할까? 현대인이 겪는 화, 울분, 분노에는 뚜렷한 이유가 없는 경우가 많다. 「화풀이」는 경쟁 사회를, 피로 사회를 살아가는 우리들의 자화상일 수 있다.

'갑과 을' 연작은 이규석이 이번 시집에서 심혈을 기울이고 있는 핵심 테마 중 하나이다. '갑甲'과 '을乙'의 관계는 어제오늘의 문제가 아니다. 「갑과 을 4—결재」의 화자 '나'는 "하루 벌이로 사는 것과 같은" 입장인데, "결재일이 지났는데도 입금 소식이 없다"는 것은 치명적이다. 이는 '나'의 문제이자 시인의 문제이며 이 시대를 헤쳐 나아가는 우리 모두의 문제가 아닐 수 없다. "블랙리스트"에 오른 악성 거래처를 퇴출시켜야 하지만 "먹고 사

는 문제 앞에서 늘 허물어"지는 게 현실이다. 「갑과 을 5
—블랙리스트」는 "갑과 을"의 구조를 적나라하게 파헤친
수작秀作이 아닐 수 없다. 또한 우리 사회에 만연한 갑과
을의 공고한 관계를 보여주는 지점에 「갑과 을 6—단가
를 위하여」의 핵심이 위치한다.

'민중民衆' 곧 국가나 사회를 구성하는 일반 국민 또는
피지배 계급으로서의 일반 대중의 대부분은 이름을 알
수 없는 사람 곧 무명씨일 테다. 「무명씨」는 우리 사회의
근간을 이루는 일반 국민 또는 일반 대중의 진면목을 포
착한다. 이규석은 '가로수'를 이야기하지만 독자들은 '가
로수' 너머에 위치한 누군가를 찾는다. 우리는 「가로수」
를 읽으며 "명퇴 강요 당"한 누군가를, "하루아침에" "낯
선 곳으로 발령 난" 어떤 이를 생각한다. "역사를 잊은
민족에게 미래는 없다"라는 말을 생각할 때, 이규석의
「박산골짜기」는 유의미한 시이다. 우리는 시인이 환기하
는 "그 억울한 역사"를, "그 날의 현장을" "이 박산골짜
기를 먼저 기억할 일이다" 역사를 향한 이규석의 관심은
일회적인 게 아니다. 시인은 거창 '박산골짜기' 학살에
이어서 이번에는 마산 '진전면 곡안리'에서 발생한 학살
에 주목한다. 전자前者의 주체가 국군(육군)이었다면 후자
後者의 주체는 미군이었다. 이규석은 「아직도 산은 말이
없고」에서 "진실과 정의와 평화"가 깃든 대한민국을 세
울 의무가 우리 모두에게 있음을 잔잔하면서도 힘찬 음
성으로 말하는 게 아닐까?

이규석의 이번 시집은 첫 시집『하루살이의 노래』를 간행한 지 11년의 세월이 흐른 뒤 다시 맞이하는 새로운 시의 아침인 셈이다. 시인이 내세우는 다양한 시편 중에서 '갑과 을'의 구조적 문제를 집중적으로 파고든 일련의 연작과 한국 사회의 치유되지 않은 아픔 중 하나인 국군 또는 미군에 의한 민간인 학살 사건 시편 등은 우리 시단詩壇에 심오한 의미를 던지는 작품들이라고 평가할 수 있다. 우리는 앞으로도 깨어있는 의식으로 가득한 이규석의 시 세계가 따뜻한 전진을 지속할 것임을 믿어 의심치 않는다.